Das gestörte Rendezvous

Wilhelm Busch

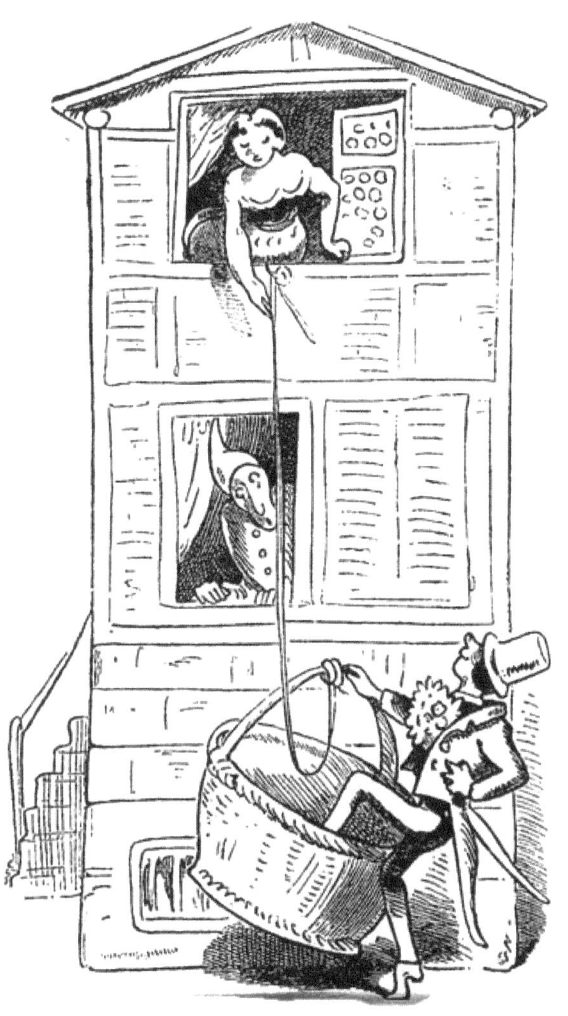

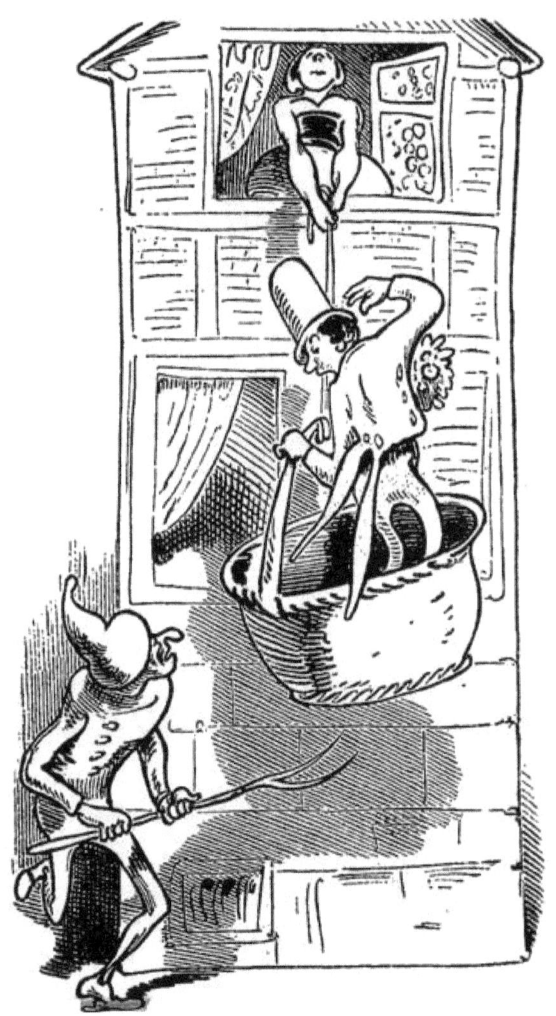

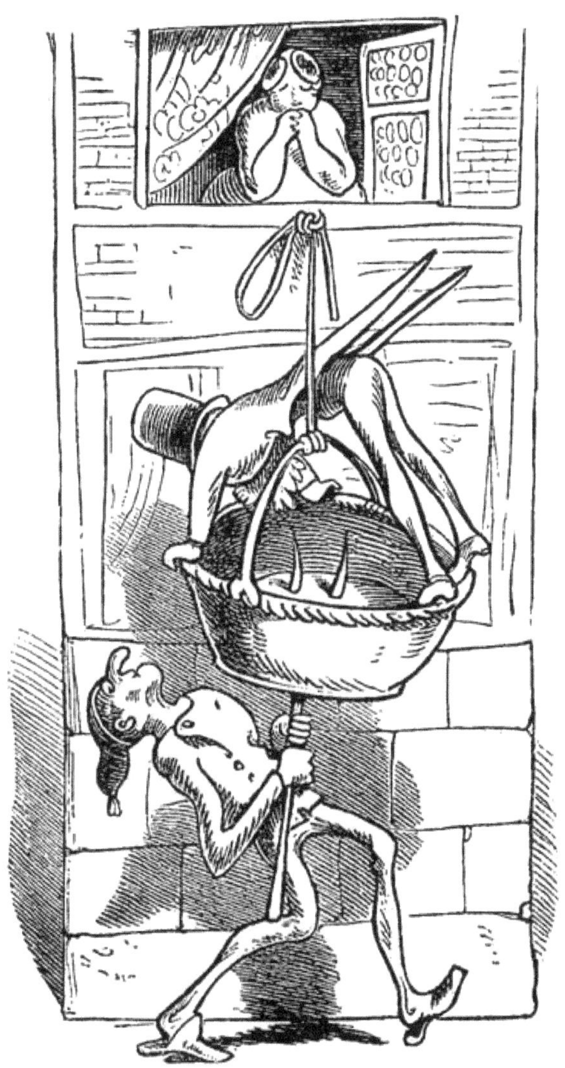

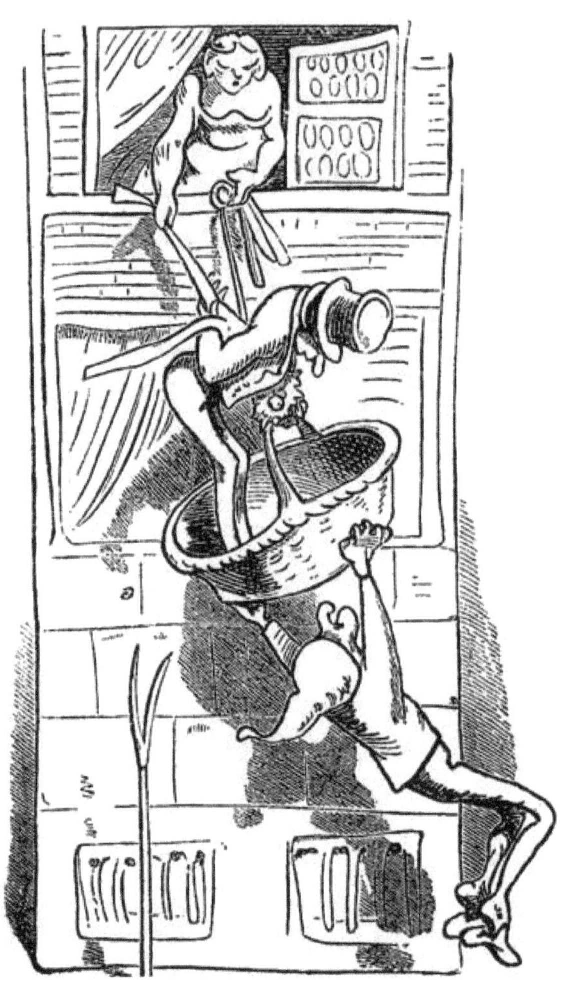

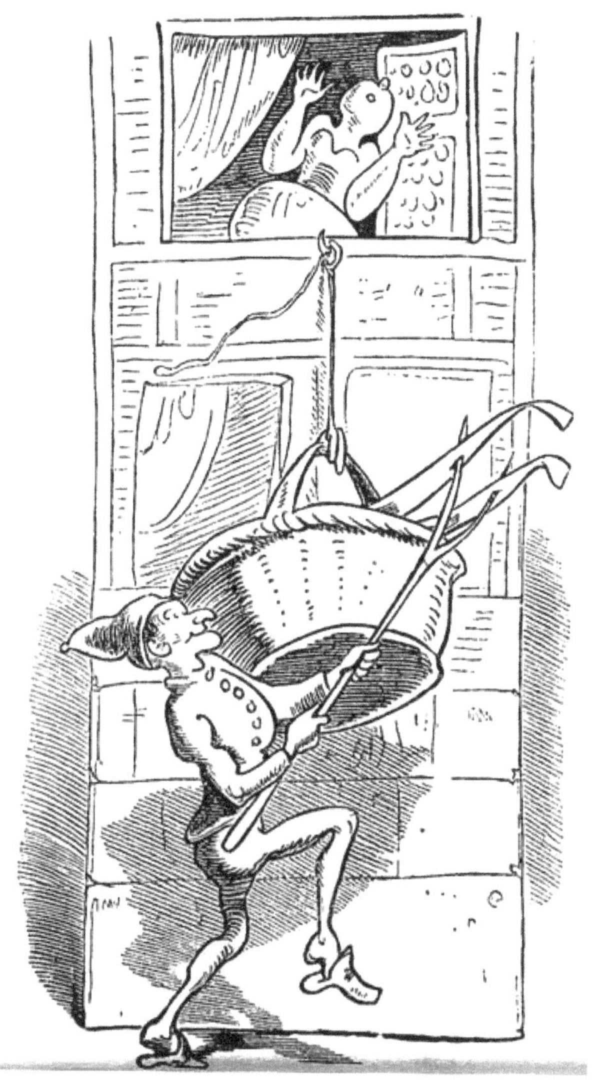

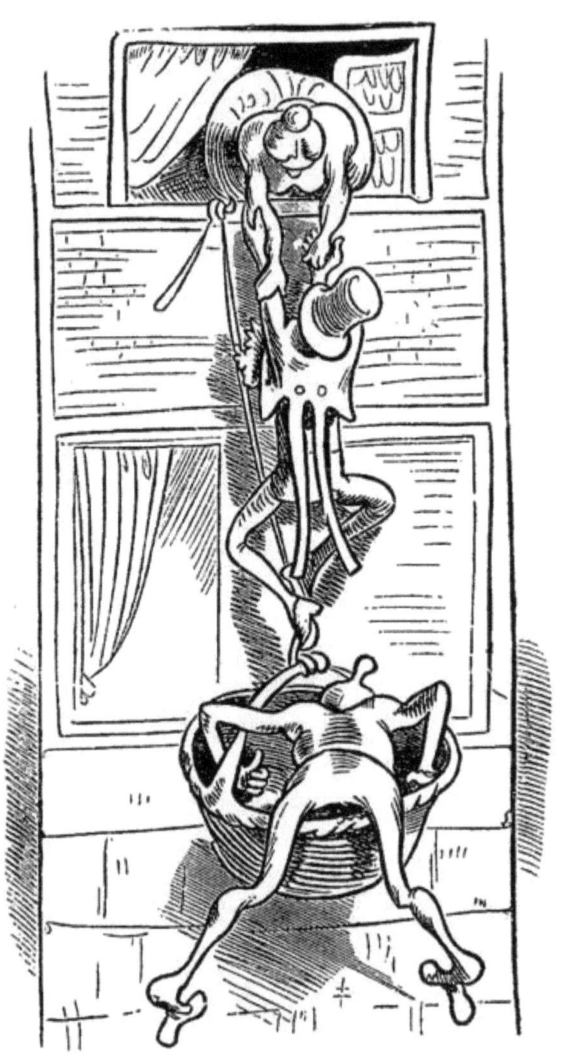

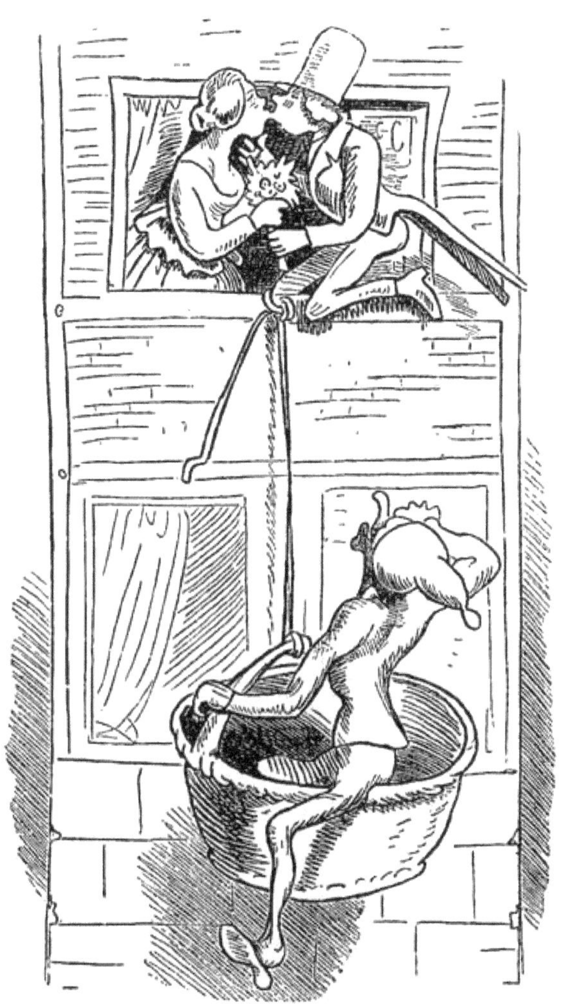

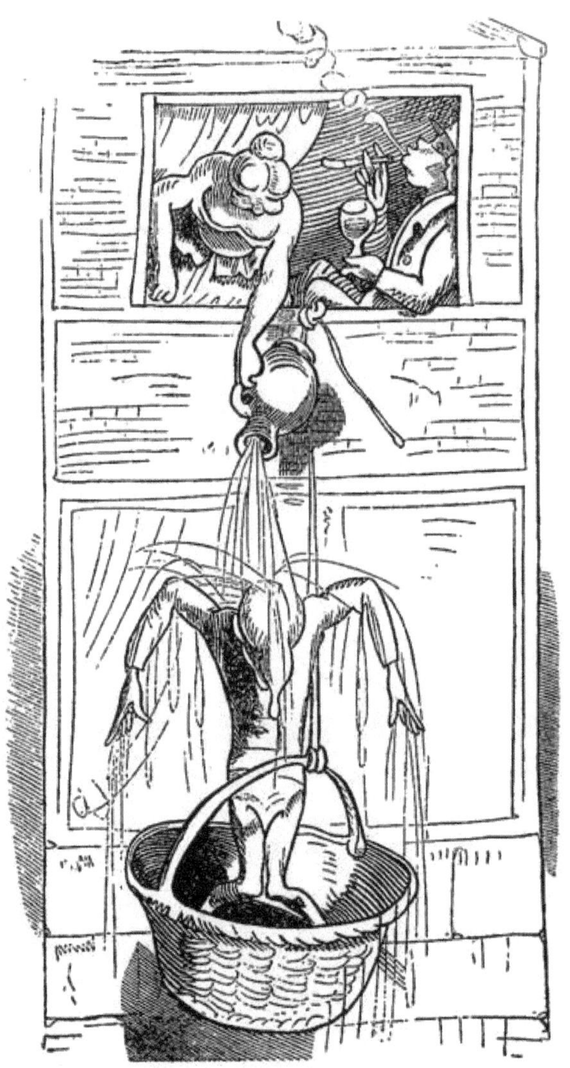

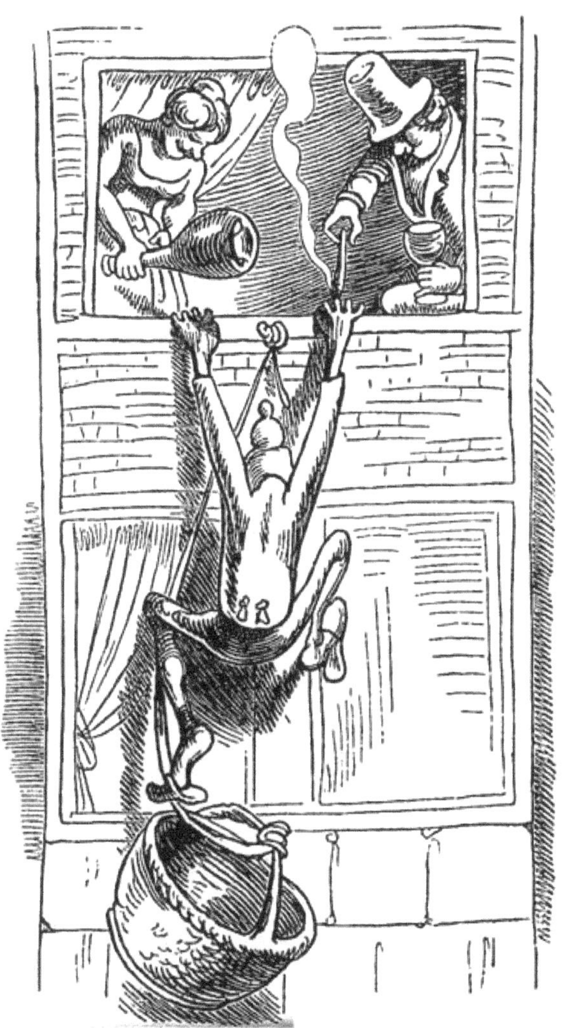

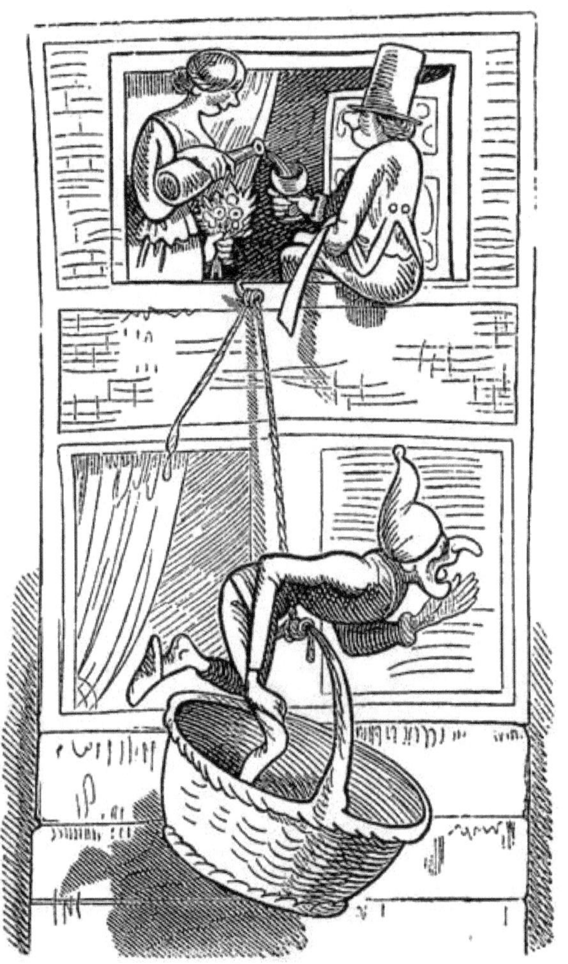

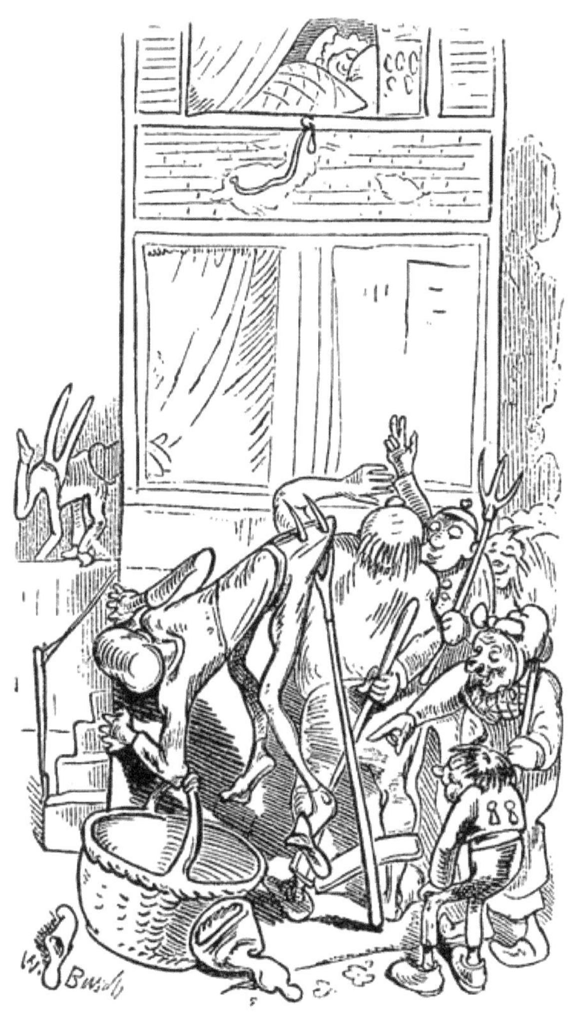

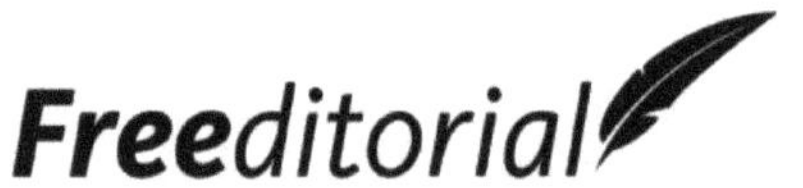